KB037825

돌멩이 국

송은영 시집

돌멩이 국

달아실시선
70

달아실

보조 용언과 합성 명사의 띄어쓰기 등 본문의 맞춤법은 시인의 의도에 따른 것임.

외로움은 나와 함께 살아가는 반려감정
시를 쓴다는 건
고립무원이 된 나를
누군가 발견해주길 바라는 간절한 마음
그러니까 나의 시는
이전의 나를 갱신하며 벌이는
서바이벌 오디션 같은 것

2023년 가을
송은영

돌
멩
이
국

2부. 카우치 포테이토

3부. 불안을 말한다

4부. 시에게로 가는 길

1부

마음대로 법

마태복음 효과

당신은 한결같기에
나머지 잡다한 일은 나의 몫입니다
지금처럼 아무것도 바라지 않으면
마지막엔 고독할 것을 믿습니다
뉴스는 사람이 아니므로
양심을 도둑맞아도
대책 없이 뻔뻔합니다

가난하면 정말 꿈도 볼품없는 것일까요
대중교통은 가두리 양식장 같습니다

하늘엔 구름 한 점 없고
살 만해지면 다시 내리막길입니다

궁색한 복지가 당신과 나의 운명이면
왕자병과 공주병은 1인 세습의 출발점이라
가진 자는 가진 자에게만 눈인사를 합니다

가뜩이나 사는 것도 텁텁한데

차별과 무시에 질려

허언증 또한 하루하루 깊어져갑니다

* 무릇 있는 자는 받아 더 풍족하게 되고 없는 자는 그 있는 것까지 빼앗기리라(마태복음 25장 29절).

돌멩이 국 끓이기

시냇물이 소리를 내는 것은
물속에 돌멩이가 있기 때문이다
먹고사는 게 씨알도 안 먹힐 땐
돌멩이 국을 끓여본다
어디서 굴러먹는지 묻지 말고
먼저 한 말들이 그릇에
아홉 되쯤 되는 돌멩이를 냄비에 붓는다
쩔쩔 끓는 냄비 속에는
속이 폭폭한 돌멩이가
휴식도 없이 국물 맛을 내고
반들반들한 화강암 쪼가리들은
늘 고귀하고 낭창하다
무언가를 시작하기도 전에
자꾸 탈이 나는 세상
팽팽해진 귓바퀴를 타고
때글때글 영근 돌멩이들이
시리고 아픈 속을 달래가며
진국으로 거듭난다

공작

뭉쳐서 못된 짓하니
앞뒤 맥락이 없다

공평은 없고
그들이 생각하는
선택적 세계만 있다

도대체 권력은 누가 준 거니?

매일매일
끝까지 해보겠다고,
간이 담즙을 분비하듯
입만 열면 거짓말

제 잘난 맛에
각자 입장까지 달라
어이없음에 기가 차고
아니 땐 굴뚝의 연기는
높고 낮음이 없어라

강철 사나이

그렇고 그런 다짐과 들끓는 후회도 없는
아침 8시
가공되지 않는 시간이 흐른다

철은 썩지 않는다
다만 환원될 뿐
형산강 숭어 떼도 철의 기운을 받아 탱탱하다

그리고 당신은
힘차게 떠오르는 일출과
철로 만든 차림표를 아이들에게 들먹이며
강하게 사는 법을 가르친다

매 순간 철의 장엄을 잊지 않고
세상이 쇳물처럼 정직하길 바란다

철가루와 먼지로 뒤범벅이 된
당신의 작업복은 여전히 땀에 젖어 있고
철들지 않은 아이들 앞에 당신은

하늘 아래 가장 위대한 힘이 된다

거리 두기

매일 변하는
너는 날씨니?
솟구치는 아드레날린
주체를 못 해 미쳐 날뛰는 세상

잘난 놈
못난 놈
모자란 놈
혐오에 길들여진
너의 민낯이 보여

남을 배려하라는 신의 회초리
시작과 끝을 분실한 거니?

애증이 없기에
진짜와 가짜를 구분하기 힘든
너와 나의 자폐적 고립
말을 잃어버리면 완고해진다

공포인지 공복인지

마스크 한 장 없는 말은 부러 꺼내지 않았네

새로 고침

이렇게 나는 고장나 있다
나의 11번째 자아는
우두망찰 가출을 하고
3번째 자아는
멜랑콜리한 고독에 빠져
온몸이 물속이다

하여 오늘부터 나는
온전하고 단단하게
흘러넘치기로 한다

만사형통
날마다 새로운 정수를
여여하게 뽑는
내 운명의 설계자가 되어

계급론

나날이 견고하고 높은 사다리가 없었다면
이 많은 사람을 다 얻지 못했을 겁니다
지금도 무수한 인연들이 나와 연결되어
시시각각 막강한 힘을 키우니까요

금 은 동 같은 계급장을 떼니
순식간 무너진 흙더미가 됩니다

사랑에도 계급이 있나요?
직급이 낮으면 정情도 짧아
죽을 만큼 아프고 깊은 사랑은
앞으로 눈 씻고 찾아봐도 없을 겁니다

한평생
아등바등 노력해도
나아지지 않는 현실은
이미 유토피아를 잊은 지 오래니까요

돈키호테의 시

현실은 난해하고 죽음은 난처하다는 말을
사람들은 좋아하지 않습니다
기차를 향해 달려든 정신 상태
생각보다 순종적이거든요
생금밭에 흰소리를 해대도
주목을 못 받으면
제대로 된 물건도 땡처리되듯
삶은 무료하고
사람들은 나를 천덕꾸러기 취급을 했습니다
도시 한복판
현금지급기를 돼지저금통으로 착각해서
창을 뽑아 돌진하는 이가 있다면
신고하지 마세요
혀 밑에 도끼를 감추고
스스로 경계하는 성질머리 때문에
맨 정신에 죽기조차 힘들거든요

막장

온통 검은색 탄가루가 날리는 나날이었다
갱 안엔 컴컴한 가장들이
가족을 위해 일을 하고
일을 하기 위해 하루하루 산다
갈 곳이 없어 여기 왔으나
목숨을 담보로 하는 채탄 작업
머리에서 발끝까지 가난을 껴입고
밑바닥을 내려다가 포위되어버렸다
돌구이 삼겹살로 목구멍 먼지를 닦으며
이 막다른 곳에서
서로가 누구인지 아무도 묻지 않았다
헌신을 하면 헌신짝처럼 되리라
현실은 드난살이하는 것과 달랐기에
밥을 먹다가도 잠깐 쉬다가도
사람같이 살고 싶어 살아가고 싶어
그들은 언제 어디서든
비상할 준비가 되어 있다

마음대로 법

훌륭한 지도자의 권력은
강자의 횡포를 막을 때
정당성을 갖는다는데
무슨 놈의 나랏법이
정의롭지도 않고
만인에게 평등하지도 않으면서
도덕을 빙자하고
원칙을 빙자하고
헌법을 빙자하여
파도 파도 끝이 없는
그들만의 불법과
까도 까도 계속 나오는
막무가내 법까지
대대손손
승승장구하는 특별법으로
자꾸만 둔갑을 하네

그들만의 리그

돈 받은 사람은 감옥에 있어도
돈 건넨 사람은 세상 밖으로 나오네
그들이 가진 권력은 대를 잇고
시대를 뛰어넘네
그들에게 기회는 늘 열려 있고
과정은 언제나 공정했으며
결과는 항상 정의롭네
결국 없는 것은 국민이고
있는 것은 그들이네
공은 그들 것이지만
과는 국민의 몫이네
더럽고 치사해도
받아들여야 속 편하네
원목선에선 뱃멀미는 없으니까

희망회로

총체적 난국을 극복하지 못했습니다
쉬운 게 어디 있나요
알고 보면 불협화음이라
앞으로 무슨 일이 벌어질지
예측할 수 없습니다

카르텔과 광기
애당초 부를 다 가진 사람들이
협잡꾼이 되어
속수무책 발목을 잡습니다

현실은 눈곱만큼도 안 바뀌고
아무리 지랄발광을 해도
아무도 알아주지 않는
생활의 비수기

생각하면 속 시끄럽기에
태평성대
희망회로를 돌리며

하루하루 살아갑니다

나무아미타불
할렐루야
성부와 성자와 성령의 이름으로 아멘!

하이에나 언론

턱 힘이 강해
뼈까지 먹는 하이에나 무리가
지나간 자리에는
아무것도 남아 있지 않는 것처럼
의혹을 포장해 뼈꾸기를 날린 자리에는
사람이 죽어나도 책임지는 사람이 없네

자신들의 이익을 위해서라면
사상누각 가가호호 시시비비
일제 때는 민족을 배반하고
군부 독재 때는 민주주의를 외면하며
대대손손 지켜온 일사 분란한 생존 방식
균형도 없고 애국도 없기에
마지막엔
모기가 거부해도 에프킬라는 사용되어야 한다*

* 故 노회찬 의원의 말.

병신체

너의 불행은 나의 행복
하루하루를 끊어 읽으며
좋은 글자를 업데이트한다

허세와 도발 사이
따스한 햇살이 가르릉거린다

뉴 이어 스프링
엣지 있는 당신의 머스트해브 아이템은
실크화이톤의 오뜨 꾸뛰르 빵딸롱
21세기 시니피앙이
시니피에와 디페랑스되지 않게 절뚝거린다

이게 말이야 방귀야
무심히 놓여 있는 돌멩이가
석불 입상의 후광보다 더 빛나는 한낮
동태처럼 얼어 있는 무지개는
해가 빠져도 그 자리에 있다

개소리에 대하여

여름 장마가 심하고 가을 가뭄이
계속되면 독버섯이 많이 자랍니다

말과 말 사이 왜 여백은 없는 걸까요

매일 쏟아지는 잔소리에 명품 귀걸이를 달아주고
국민은 사는 날까지 종이 될 것을 주문합니다
임대업자 걱정 종부세 걱정 재벌 걱정 상속세 걱정
걱정은 민심입니다
지나가는 똥개도 주인이 누구냐에 따라 훌륭하게 사는데

입에 침도 안 바른 거짓말을 그럴싸하게 포장하니
세상 참 희한하게 잘 돌아갑니다
정녕, 멀쩡한 이는 침소봉대 미친년놈을 못 이기는 걸까
요?
개 풀 뜯어 먹는 소리와 극한 염병으로 점철된 시간
어찌어찌하여 안분지족 개털이 되어갑니다

독毒

가까이만 다가가도 가려운 토란
껍질을 벗겨낼 때마다 흰 거품을 물고
처음보다 더 매운 독기를 내뿜는다
살아 있는 독기를 온몸으로 받으며
어머니 토란을 다듬는다
먹기 좋게 모서리부터 송송 썰고
끓는 물에 데쳐도
미치도록 가려운 토란더러
못됐다 못됐다 하신다
온몸에 퍼진 붉은 독
피가 맺히도록 긁더니
갖은 정성을 푸지게 넣은
웅숭깊은 토란국 한 냄비 끓여내신다
독 안에 든 어머니
천연 해독제가 되신다

병에 걸렸어요

내일이 불안하기 때문에 오늘 많이 먹었어요
얼마나 불안했으면 오줌 싸는 병을 고치려다
똥 싸는 병을 얻었겠어요

밤하늘 별이 되려
사다리를 타고 끊임없이 올라가다
한순간 추락해 원래 이름이 없어졌어요

모든 유혹에 빠진 내가
더는 내줄 것도 없을 때
세상과 단절하는 문둥병을 앓아요

자기자비가 사라진 시간
인슐린 수치가 올라가고
무단 방치된 영혼을 잘못 건드려
내 시가 너들너들해졌어요

여기서 최선책은
권태로부터 멀리 달아나는 것이라

태풍이 바닷물을 엎어버리듯
아우성치는 중이에요

무엇을 위해

일을 벌리되
주도면밀하게
일방적으로 밀어붙인다

말문이 막혀
사방팔방 뛰어 다니는데
씨알도 안 먹힌다

나무를 위하여
낫으로 풀을 베고
보란 듯이 주저앉힌다

물설고 낯선 현실을
자꾸 받아들이란다

2부

카우치 포테이토

카우치 포테이토

갈라파고는 이백오십 살까지 살고
나일강 악어는 백 살 넘게까지 회춘합니다
아줌마 4시간 막 썰어주세요
3분 후면 영화가 시작될 겁니다

사지육신 멀쩡한 나는
갈매기처럼 편안하게 바다에 누워
마음에 든 물결무늬를 찾습니다

하늘은 새들의 것
사람이 없는 곳에
아담과 이브가 게으르게 누워만 있었다면
낙원은 어떻게 되었을까요

통제 불능 무위에 빠진 나는
돈 한 푼 들지 않는 여유와 밀당 중입니다

초심

좋아한다로 시작해서
좋아한다로 끝나는 꽃점占을 치네
맹물 같은 사랑이 딱 떨어지네

햇빛 쨍쨍한 날
바람은 연둣빛에 가깝네

빛이 클수록 그림자도 크고
유구한 시간 속 지나간 일은
아무리 복기해도 찰나일 뿐이라
오늘을 취사선택하네

시답잖은
욕망이 다녀간 뒤
이불 밖으로 빠져나간
삶은 여인숙 같아
참말로 낯설고도 새롭네

예전에 미처

마음의 병은 몸으로 치료하고
몸의 병은 마음으로 다잡아
정 없는 당신에게
음력 5월 5일 뻐꾸기를 잡아 다리와 뼈를 차게 한다

연습 없이 태어난 길고양이는
죽을 때도 십중팔구
철 지난 고양이의 방식대로 살다 가고
나무의 나이테는 묵묵히 자신의 몸에
날씨를 기록하며 진실을 축적해가는데

만고불변 운명에 따라
마침맞게 운을 쌓아가는 당신과 나는
아무나가 되어 아무 문제없이 살아간다

꽃시

각본 없이
꽃을 혼자 피운 무화과나무는
정상과 비정상의 거리를 모른다

꽃과 벌이 로그아웃 되는 날
오늘 꾼 꿈은 나비 같았고
여름 폭풍은 인증 샷으로 남았다

한물간 갱년기
어질어질 부어오른 마음 한 켠이
생의 뒤란을 갈아엎느라
시도 때도 없이 헛구역질하고

개꿈

#1
같은 형제도 겉과 속이 다르거늘
태를 팔아도 죽고 사는 건 별개 문제야
꿈속에서 엄마는 편안하게 웃으시며 말씀하신다

#2
마른 계곡이 물을 왈칵 쏟아낸다
비가 와서 계곡에 물이 흘러넘치는 꿈은
만인이 앙시하는 높은 벼슬을 하는 꿈이다
내 편 같은 사람은 보이지 않고 자존심 강한 아이들만
수두룩하다

#3
혹시라도 울퉁불퉁 삶의 근육이 쌔끈하게 생기려나
꿈을 꾸지 않았다면 성장도 없었을 터
우리 모두는 태초부터 관심종자였다

장마

며칠 동안 비가 내렸고
비를 피하지 못한 날것들은
그 자리에서 내내 젖어 있었다

당신은
어떤 물음에도 묵묵부답이었다
사는 게 눅눅해 기침이 났다

농익은 과일들이 궁극적으로 버려질 때
빗줄기는 이끼에 자꾸 미끄러졌으며

말없이 사무치는 마음은
서로를 방해하지 않으려
습기에 갇혀 나오질 못한다

화개살

진정한 완벽함은 깨달음에서 나오는 거지
목련이 피자 찬바람이 불었다
좋은 소리에 나쁜 기운이
스스로 인연을 멀리하고 돌아서고 만다

한가로운 오후
한때 주역을 공부하던 남자는
내가 9월쯤 영근다고 전해주었다

말을 절제하니 마음이 단정해진다

반평생 공부를 했지만
한 걸음밖에 나가지 못했고
한평생 살았지만 내 방이 없다

변화는 내 운명
나의 본질은
사주에 화개살이 들어 시대를 보며
음양오행 예감을 새겨 넣은 시인

나의 재능은
있어도 없는 듯 침묵으로 일관한다

진술축미辰戌丑未
내 길을 응원해주는
다정한 꽃점占을 친다

해질 무렵
밥을 하고 술상을 차리니
환골탈태 운이 열린다

당신 꽃이 피었습니다

새벽은 두 번 오지 않아요
당신에게는 내가 나를
어쩌지 못하게 하는 힘이 있습니다

만남은 가능해도 이별은 싫습니까
당신은 싸락싸락 쌓이다
종내 알아서 무너져 내리는 흰 눈입니다

밤하늘을 바느질하며 홀로 나아가는 쓸쓸함
나에게 여력이 있다면 보석을 사는 것보다
당신을 구매하고 싶습니다

시절인연時節因緣
백 일 동안 천 일 동안 지치지 않고 내내 피어
꽃멀미하는 당신께
난분분한 그리움을 보냅니다

바다에 가면 하늘이 있듯
내가 있기에 당신도 있으니까요

에어로빅 하는 여자

몸을 끌고 나와
음악을 안치는 여자
뒷모습이 꼭 밥상 같다

출렁이는 뱃살을
전신 거울에 요리조리 비춰
퍼즐로 맞추며
꽃밭을 만들기도 하고
쿵쾅쿵쾅 리듬에 몸을 싣고
덕지덕지 붙은 화를
골반으로 콩콩콩 털어내며
일일이 무게를 재기도 한다

수유를 끝낸 가슴이
4분의 4박자로 방실거린다

사는데 골병든 관절도
세월 따라 추억 따라
으쌰으쌰 정겹고 흥겹다

첫

문밖에서 묻는다
벽지에 목단꽃 일 년 내내 피었어
바닥은 청소를 해도 바닥이야

하혈이 심한 아침
자, 지난 날 시침과 초침을 향해 쩍 벌려
조금 더 크게

여름이 빠르게 늙어가고 있어
푸르고 봉긋한 너는
알고 보면 지붕에 매달릴 애호박인데
주름이 깊구나

알고 있니?
봄에 흘렸던 훈김을
머리에서 발끝까지 시술해도
여여한 마음은 돌아오지 않아

슬프니?

괜찮아질 거야
시간이 바로 항생제니까

그리운 탈영

군기가 바짝 든 해병 둘이
백구를 쫓는다
목표는 오직 생포다!
허허벌판 무기도 없이
오로지 충직한 명령 하나로
백구와 숨막히는 추격전을 벌이고 있다

길들여진 목줄을 단숨에 끊고
자유를 향해 줄행랑치는 백구
목이 떨어져 나갈 듯 앞만 보고 달린다

호루라기 소리가 올가미 같아
심장은 더 쿵쾅거리는지
여기서 잡히면 끝장인지
군대 밥그릇은 안녕! 인사하고
꼬리를 힘차게 흔들며
전속력으로 내뺀다

끝끝내 잡히지 않는 백구

금방이라도 쓰러질 것 같은 해병 둘

결승점 없는 경주에
온 동네가 무장 해제된다

그런대로 안녕

친밀감은 식욕과 비슷하다는 생각을 하다
창문을 활짝 열었다

집도 절도 필요 없는
머릿속 엔진을 잠시 끄고
기분 좋은 소식을 무작정 기다린다

햇살이 기운 쪽
열매가 열리지 않는
앵두나무를 사랑하시는 부모님은
오늘도 안녕하실까?

초식 동물이 나뭇잎에게 의지할 때
나는 누구에게 의지하지
그래그래 살아지고 그래그래 흘러가면
바다는 점점 바라보다의 준말이 되어간다

일체유심조
당신이 행복하냐고 물어서

정말 행복하다고 말했다면

나는 난사람일까 든사람일까 된사람일까

지금 여기엔 사막과 모래시계뿐인데

자발적 고독

함께 있어야 하는
공통분모를 찾을 수 없다

말 못 하는 세간들
욕창이 덧나고
온기가 없는 집은 적막강산이다

사람들을 만나도
그게 그거인데
새로운 연대감이 그렇게 중요하니

뻔한 관념
뻔한 인생
접촉은 흔적도 없이
무의식에 소멸되고
1인분의 고독만 쓸쓸히 배달된다

봄소식

죽는 건 안 무서운데 사는 게 무섭네
비가 내리면 우울증이 재발하기 때문이네

속은 다 곯았을 허세일지라도
나의 언어는 당신의 사투리고
간절함은 기를 쓰고 기다림을 받아내는 일이라
치정이 사랑을 가두어도 억울할 게 없네

시도 때도 없이 옷섶을 풀어헤치는
햇귀는 나날이 순해졌고
산짐승들은 움직임이 없는 겨울을 걷어찼네

정직한 계절은 다시 싹을 틔우고
오늘은 어제의 내가 아니어서
바람이 꽃샘추위를 배달해도
꽃그늘 쉼터는 안녕하다네

성격 차이

당신은
완벽함을 좋아한다
완벽한 직장
완벽한 가정
완벽한 타인
완벽한 친구

아이들은 앨범 속에 있다

우리는 항상 혼자였다
자기 방에서
일방적인 안온함에
알아서 잠이 들었다

원컨대 다정은
당신을 안전 기지로 이용하는 데 익숙하지 않아
나는 허랑방탕 맵고 비린 음식만 찾았다

나는 본 대로 믿는 사람

당신은 보이는 대로 잘못을 지적하는 사람
당신을 만나지 않았다면
어여쁜 현모양처가 되었을 텐데…

시를 쓰는 동안
고무대야에 담긴 아침은
세수를 하고 서둘러 출근했다

하세월 부부는 시험 범위에 없었다

숨은 꽃

착한 여인은 숨겨진 보물이다. 그런 여인을 발
견한 사람은 자랑하지 않는 게 좋을 것이다.

— 라 로시푸코

오늘은 하루 종일 적막한 빗소리를 듣다가
이내 쓸쓸해져서 술을 마셨다

한때 지나가는 비야 우산으로 가리겠지만
오래 젖을 것 같은 마음은
한 번 피면 영원히 지지 않는 소금 꽃 같은지라
갸륵한 시간이 그저 그리울 따름이다

청컨대 그대여
내일의 태양은 오늘의 태양이 아니기에
뜨거운 여름 당신을 향해 부르는 노래는
파도처럼 왔다가 되돌아가고

무턱대고 생을 살아가는 동안
굽이굽이 저릿한 시간 속에 놓여 있을

천혜의 비경들은 잔혹하리만치 아름다울 것이다

아줌마의 재발견

오늘 내가 만난 사람은 얼굴은 알지만
이름은 모르는 아줌마들이다

넉넉한 오지랖에 손바닥 뒤집듯 말을 뒤집으며
제 덩치보다 몇 배 큰 과일 상자도
번쩍번쩍 들어 올리는 과일 가게 아줌마

떵떵거리며 놀아도 시원찮을 나이에
가위 하나로 산전수전 공중전까지 펼쳐
어우렁더우렁 살 자리를 마련하는 미장원 아줌마

쭉정이든 알곡이든 뭉쳤다 하면
하잘것없는 헝겊 조각도 멋진 조각보로 만들어
몸에서 비단실 뽑아내듯
무수한 섬광을 발산하는 뜨갯방 아줌마까지

밥벌이와 맞닿을수록
온몸이 옹골찬
으라차차 장단지들이다

3부

불안을 말한다

마음의 리모컨

갈고리촌충이 돼지고기를 통해 몸 안으로 들어와서
뇌 속에 박혀 단단히 똬리를 틀듯
감정의 혼란으로
리모컨이 제대로 작동되지 않는다

저 멀리 나뭇잎이 바람에 불려간다

알콜중독 섹스중독 게임중독 성형중독에 걸린
허기진 세상은
일 년 삼백육십오 일 드라마 주인공으로
화려함이 끝없다

땅 짚고 헤엄쳐도
반전이 없는 내 인생의 판타지

우리의 일생이 붙박이가 되는 순간
위성 송수신 접시안테나 주파수는
상처로부터 떨어져 나온 채널을 고정시킨다

늦장미

숙주도 바이러스에
적응하는 따뜻한 겨울

12월 장미가
벌과 나비를 기다리며
소슬하게 바람을 맞는다

순서가 뒤바뀐들 어떠하리
온실 속 화초처럼
장미는 아무 생각이 없다

사는 게 정답이 없을 때 할 수 있는 일은
자연이 주는 대로 피고 지는 것

어떤 혁명도 광기도 없이
오늘은 장미가
내일은 동백이
잠시 잠깐 왔다 가는
첫물이자 끝물인 주인공들이지

나이듦에 대하여

옆집 개 이름이 생각나지 않는
삶이 시작되었다

나이를 먹는다는 것은
중도 장애인이 되어가는 과정

가지 않는 길에 대한 상념과
불면에 솟아난 마음은
가지를 뻗어 꽃을 피우고 열매를 맺는다

마음의 각개전투
우울은 깊어지는데
정신이 깨어나지 않아
마르고 닳도록 의미를 찾고
평안을 얻어 나를 정의한다

개똥 낭만
축 생일이 몇 번째인지 까먹었다

비가 내리고 바람이 불고
태몽을 꿔도 아이는 태어나지 않고
한날한시 거기에 있었지만
나 말고 아무도 거기에 없었다

천변만화千變萬化
마지막까지 잘 죽는 방법을 찾아
어제보다 조금 더
내일은 더 많이
나에게 축복을 내려본다

무언극

같은 시간 같은 장소에 함께 있다
관객을 사이에 두고 말이 없다

조용조용한 발걸음은
또르르 찻물 따르는 소리에 묻히고
텔레비전에 나오는
기계음은 혼자 뛰어 다닌다

허물을 벗는 동안
뱀은 앞을 보지 못하듯
도무지 해독되지 않는
아리송한 언어와 당신은
관객과 평행선이다

승화

정을 끊는다는 절정과
정이 없다는 무정이 뒤엉킨 몸은
자유롭다

생애주기별 인생 미션
텅 빈 상태의 근본으로 돌아가
신명난 옷을 입고
이런들 어떠하며
저런들 어떠하리*
자연 치유 결핍의 시대
우리의 시간은 영원히 생물인데
내가 일으킬 수 있는 기적은 밍기적뿐
광풍제월光風霽月 행운유수行雲流水
생은 덧없고 사랑은 찬란하니

아무려나
천지간에 살아가는 것 또한
한갓 티끌에 불과한 것을

* 이방원의 시조, 「하여가(何如歌)」.

무싯날

사춘기 남자아이가 고개를 숙이고 있었다
젊은 여자아이가 서럽게 울며 뭐라 뭐라 했다
핸드폰을 만지자 슬픔이 피어올라
거뭇거뭇 먹구름이 되고 있었다
두 아이의 이야기에 한나절이 깊어갔다

당신 탓을 하느라 하루 종일 속이 복잡했다

밤이 모양나게 잘 깎여
내 딴에 최선을 다해 잡곡밥을 안치고 돌아서는데
엄마의 불꽃같은 일생이
아버지와 한 솥이 된 바람에
심연을 부유하듯 불감증으로 남았다

헛간에 갓 태어난 여자아이가 배냇저고리를 입고
분홍색 담요에 싸여 있었다
호적 없는 아이를 거두어
예쁜 우리말 이름을 지어주고 싶었다

저녁 무렵
공기방울 세탁기에서 폭죽 터지는 소리가 들려
중간 문을 열어놓을 수 없었다

문득 꿈

나만 모르는 꿈을 꾸다

속절없이 눈물이 났다

꿈은 늘 나쁘거나 막막하지만

현실은 사소해지기를 두려워했다

태풍의 핵은 비어 있던가

어제도 그러하였고

오늘도 그러하듯

아무 일도 일어나지 않아

비로소 혼자가 되었고

괜찮은 꿈들은

함부로 빛나 알아서 치졸했다

온 세상이 좀도둑으로 들끓는다

내 몸속 어디선가 뜨거운 것이 치밀어 올라

밑도 끝도 없는 돌림 노래가 시작되었다

바람, 바램

모든 시작은 자연산이다

살기 위해 비열한 소통을
죽기 위해 봉두난발 흰소리하다
말 못 할 절박함에 탈출을 꿈꾼다

주변을 경계할 필요가 없는 포식자의 여유
처절하게 돌아선
새로운 감정은 다분히 철학적이고
잘난 것들은 성찰을 할 줄 모른다

언제나 그렇듯
꽃보다 나비가 먼저 진화해
뜨거운 향연을 펼치고

곤충은 몸집이 작아
뼈를 가질 수 없는 만큼
방심과 망각 사이를 곤고히 다지는데

이유 없이 속이 바싹바싹 타들어가는 나는
살을 내어주고 뼈를 취하는 시를
바라고 바래본다
오늘 태어난 날 것처럼

불안을 말한다

나쁜 일은 일어나지 않았는데
계속 일어날 것 같아
동네 개가 짖어도 심장이 뛰어
잠시도 가만히 있질 못하고 안절부절못합니다

무슨 말부터 시작할까요
겉은 멀쩡한데 속은 썩어 문드러졌습니다

반복되는 생각 반복되는 게으름 반복되는 실망
머릿속에서 공회전이 일어나 소변부터 마려운데
속없는 말들이 내 의지와 상관없이 튀어 나와
소문나는 바람에 이제는 숨을 곳도 없습니다

땅바닥에 매달린 기분 분명 불치병 맞습니다
죽지는 않았는데 아무리 살아도 숨이 막힙니다

365일 오류를 일으키는 불안 불안은
아침에 경건하고 저녁에 견고합니다

이심전심

달걀 같은 세상 호박같이 살랐는데
모든 게 싫었다 나는,

사랑이 부족한 것은
집착을 떼어내지 못한 대가

내가 나를 예전보다 좋아하게끔
유통기한 없는 복福을 짓는다

말로 닿을 수 없는 거리
뜻밖의 인연이 정박해도 그만인 계절

나는 새로움에 스며드는 두견화가 된다

현재 시간

썩지 않는 쓰레기
죽지 않는 노인
용도 없는 시간에 태어난 아이는
삭제되거나 수정되지 않아
사랑해 없이 제대로 먹지도 못하고
사랑해 없이 제대로 놀지도 못해
냉소적인 구경꾼이었고
박수 칠 때 떠나는 사람은
아무도 없었다
오직 참아라
그저 참아라
개돼지가 없었다면
축제도 없었을 테니
운이나 권세 덕분에
겁을 상실한 그들은
항상 낮이고 항상 밤이었는데
비극은 이것 말고도
셀 수 없이 많았다
변치 않는 가난은 매일 이자가 붙고

익숙한 공식으로

앞날을 예측하기 힘든 꿈은

계속 더러운 빨래로 남겨졌으니

1일 1생각

생각은 어떤 조건이 되면 하는 것

현실이 각자도생이라
하나마나 한 소리 대신
대체 불가능한 존재로 포장한다

물고기자리인 나는
언어를 최음제로 사용하는
타락 기술 전문가
알 수 없는 알고리즘으로
한정판 행운을 만들고
마음을 붙잡아
쓸쓸한 생각 따윈 하지 않는다

쓸모없는 생각은 없다
쓸데없는 걱정만 있을 뿐
너무 많은 비판
너무 많은 분노
너무 부족한 성찰

너무 작은 잔재미

모든 출구가 입구이기도 한 1일은
시시각각 새로워지고 자라고 창조된다

결

   죽순의 굵기는 죽을 때까지 변하지 않고 순전히 위로
성장할 뿐

   조그만 병에 숨을 불어 넣어
   애인에게 선물한 숨결 목걸이
   심장에서 갓 뽑아낸 따스한 마음에
   불멸을 첨가하니 감미로운 노래가 된다

   짐짓 쥐도 새도 모르게
   감국단풍나무는 바람결을 만나
   알아서 종족 번식을 하고
   바닷가 마을에 살고 있는 모감주나무는
   파도 소리를 들으며 잘도 살아간다

   철이 들면 안 하던 짓을 하는 법
   넘치지도 모자라지도 않는 삼월 삼짇날
   나는 베갯밑송사를 마치고
   엉겁결에 온전한 안식을 얻었다

4부

시에게로 가는 길

돌고래

수족관에 벌이는 쇼를 보기 전
옷도 필요 없고 집과 난방 설비도
필요치 않는 바다를 선택했다
지느러미 안에 길쭉한 손가락뼈는
육지 생활의 마지막 흔적
생을 맡길 광활한 바다에 주파수를 맞춘 후
손을 지느러미로 바꾸었다
물빛 푸른 어장에 몸이 수면으로
솟구쳐 오를 때마다 햇살이 부딪혀 흩어진다
18시간마다 새 피부를 갈아 끼우고
조용히 헤엄쳐 정어리 떼에 다가가는 것은
사람들이 정육점에 가는 것과 같지만
공짜로 먹이를 구한다는 점이 다르다
반향정위反響定位
몸 안에 가득 고이는 알 수 없는 쿵쾅거림
돌고래는 이미 바다고
바다도 돌고래가 된다
은밀한 달빛 소나타를
초음파로 만들어 소리를 쏘고 밑그림을 새로 그린다

아이처럼 사람들과 어울리려 어부에게 다가서서
숨소리를 명중시키는 음파 발생기부터 망가뜨리고
수평선 위로 펄쩍 뛰어 오르며 인사를 한다
그러다 아무 반응 없으면 이따금 역정을 낸다
'이런 인정머리 없는 것 같으니라고'

고래에게

죽음은 연약한 곳에서부터 시작됩니다

푸른 바다는
더 이상 전설이 되지 않으려고
지구상에 존재하는
가장 큰 고래의 안부를 묻는데

트롤선에 앉아서
위엄 있는 포유류의 기억을 더듬으며
고래와 함께라면
행복할지 모른다는 생각을 하였습니다

안전 장구도 없이 맨몸으로 살아가는 고래와
같은 먹이를 두고 사람과 고래는
왜 늘 경쟁 상대인지

올가미에 걸려 로또가 된 고래
좌충우돌 바다의 속박을 훌훌 벗어 던집니다

역설

말할 수 있는 거리에서
우린 배려와 존중을 유지하며
서로를 완벽하게 차단하는 사이

차마 그럴 수 없겠지만
내가 품고 있는 이 연정이
전염병처럼 당신 마음에 퍼져
천년만년 오도 가도 못하길

다소잠多少箴*

1
밟히고 깨지는 생은
상처투성이어서
날마다 말짱함을 상상한다

2
그림자는 나만의 것이므로
힘주고 뽐내고 싶을 때는
여름이 제철인 반딧불이가 되어
당신을
사랑의 증표로 삼겠다

3
여럿이 있어도
불쑥불쑥 외로워
하는 수 없이
이야기가 무궁무진한
자기 연민을 불러들인다

4
누가 보든 말든
마음만 맨질한 나는
교교함이 넘치는 도솔천이다

* 작자 미상(명나라), 『암서유사(岩栖幽事)』에 나오는 잠언.

미니멀 라이프

더 이상 젊지도 늙지도 않는
오십이 되고서야 비로소 내가 보인다

마실수록 갈증이 커지는 바닷물처럼
최소한의 말로 생을 요약하기엔
복잡한 감정이 너무 많은데

아무렇게나 생을 탕진할까 생각하다
이토록 사소한 물건에 영물이 하도 많아
어쨌든 너나없이 치워보기로 한다

버려진 적이 없는 현실은 들숨과 날숨이 없으니까
분류되지 않는 쓰레기로 완성되었지

불신지옥
더는 정 둘 곳이 없는 풍경 끝에
이를테면 대체품인 삶의 여백 같은 것

안식년

살아 있다며 끊임없이 쓰레기를 만들어낸다
지금은 무엇을 가지지 못했는지 생각할 때가 아니다
불편을 알아차리지 못한 일에 불안을 느끼며
해가 뜰 때까지 심장 박동을 최소화한다

처절하게 함께 서서
철저하게 빈손이 되는 법

하루라도 빨리 무용해지기 위해
보이는 걸 줄이고
느끼는 걸 없애는 안식년에 들어간다
산천초목도 같이…

시에게로 가는 길

무소의 뿔처럼
신도 아니면서
나만 바라보며 가는 길

어디에도 속하지 않으며
어디에도 속해 있는
불온한 마음을 모아
담대하고 담담하게 살아간다

가벼워지고 싶을 때
몰래 그림자를 지우고
밑바닥까지 내려가다
속절없이 더 가여워진다

목적 없이 나선 길은
왠지 더 사무치고
자꾸 절절하게 만들어
내 발등을 내가 찍는다

어깨에 힘을 빼고
새로운 문장을 기다리다
일파만파
경로를 이탈하는 시의 길

알 수 없는 생

우리는 모두 편견을 가진 존재입니다

민족중흥의 역사적 사명 대신
제 흥에 겨워
허방지방 나대며 하루 일과를 맞춰보다
설정이 변경되지 않는 알람 시계가 됩니다

일자무식
알아서 병이 되거나 몰라서 약이 되거나

세상이 불확실해질수록 순리대로 사는 게 우선이니까
24절기에 맞춰 농사를 지었고
차마 말 못 하는 인생 장부는 비루먹은 개로 대신합니다

시간은 부지런한 사람에게 친절하니까요

지천명

세월은 흔들림부터 오는 것인가

대충 살아버린 시간은
이것도 아니고 저것도 아닌
분류하기도 애매모호한
호르몬 이상으로
하향 평준화가 된다

시험 문제를 풀듯
사는 문제도 술술 풀렸으면
오죽 좋을까마는
사소하거나 나와 무관한
일에 중독된 몸은
갖가지 힘을 채워 넣으며
자의반 타의반으로 소비된다

하여 몸도 마음도 현실은 나목이라
매일 오체투지 없는 긍휼한 삶을 꿈꾸는 수밖에

저마다

맨마음으로
꽃은 알아서 피었다 지고
사람들은 있는 힘을 다해
제 꼴대로
제 좋을 대로
날마다 이력서를 새로 쓴다

맨몸에
눈 부릅뜨고
흥해라 망해라
뼈 빠지게 일해도
부자 대신 골로 가는 세상

그러니까
얼마나 다행인가

저마다의 불행 속에서
각자의 지옥에 살며
안 되는 것이

되는 것보다 많아도
뉘앙스 따라 제 자신을 변호하며
절대로 길들여지지 않으니

인간은 만물척도

아침에 한 일이 저녁에 무용지물이었습니다
다른 것이 틀린 것이 아닌데 사람들은 단호했습니다

너에게만 쭉정이가 아니고 고갱이고 싶었는데
열패감에 젖어 엄두를 내지 못했습니다

혁명은 점수를 매기는 자에게 있었기에
더 이상 혁신은 없었습니다

보이는 것만 봐서 시력은 점점 나빠졌습니다

수도꼭지를 트니 사이다가 나왔습니다

삶이 흔들리고 요동쳐 설국열차에 올랐습니다

행복은 고양이와 같아서 달래거나 부르면 피하지만
한 가지 일에 집중하다 보면
자신도 모르는 사이에 곁에 와 있었습니다

읍흐흐하하하하 하

온갖 고상을 다 떠는 갑이 루돌프의 노동을 꽃놀이패로
삼았습니다

어둠의 속도로 촛불의 길을 걸어가고 있는 어느 날

미궁

감옥에 갇혀 문이 열려도 모르는데
당신의 아우라는 어디서 오는 걸까

무시로 바뀌는 내 인생의 황금기
어디에도 헤매지 않는 바른 길 찾다
사람들과 떨어져 혼자 술을 마신다
시는 우울하다

연약한 청춘을 탕진하며
도착한 이곳은
평범한 4인용 식탁

나로 시작한 집
마당은 어디에 있나

누구에게도 말하지 못했던
첫 경험 0과 1이 당신에게도 보인다

나는 남이라 혼자야

부모님은 나를 어떤 용도로 만들었을까
나의 불행이 다른 사람 행복을 해칠 수 있단다
신은 처음부터 운명을 바꾸어놓았어
설날에는 나와 이웃의 건강을 위해
파 마늘 부추 염교 생강 붉은 팥을 먹으렴
장화 신은 고양이는 왼손잡이
나는 오른손잡이라도
대대손손 물려받은 가족사는 변하지 않아
나는 버림받아 마땅한 운명
간절한 꿈은 여전히 시차 적응을 못해
도심 한복판 불구덩이 싱크홀에 살처분되니
이제는 사람들과 함께 있음을 내려놓을 수밖에

당신 꽃에 이르는 길

이홍섭

시인

1

송은영의 이번 시집은 일곱 색깔 무지개처럼 다채로운 모습을 보여준다. 멀리서 보면 색을 구별하기 어려운 무지개처럼, 이번 시집도 가까이 들여다보지 않으면 단조롭고 평면적으로 느껴질 수도 있으나, 가까이 다가가 시인의 목소리에 좀 더 귀 기울이면 시인이 공들여 드러내고자 하는 다채롭고 풍요로운 세계를 감상할 수 있다.

시인의 목소리를 크게 '발산'과 '수렴'의 양태로 나누어 살펴볼 때, 송은영의 이번 시집에서 겉으로 드러나는 양태는 발산이 우세하다고 볼 수 있다. 가까이 들여다보지 않으면 단조롭고 평면적으로 느껴질 수도 있다고 언급한

것은 이 때문이다. 보통 시인의 목소리가 발산에 무게가
실릴 때 행은 짧아지고, 형식은 직선적이 되며, 시인의 목
소리가 수렴으로 기울 때 행은 길어지고 연갈이도 많아지
게 된다.

   무슨 놈의 나랏법이
   정의롭지도 않고
   만인에게 평등하지도 않으면서
   도덕을 빙자하고
   원칙을 빙자하고
   헌법을 빙자하여
   파도 파도 끝이 없는
   그들만의 불법과
   까도 까도 계속 나오는
   막무가내 법까지
   대대손손
   승승장구하는 특별법으로
   자꾸만 둔갑을 하네
   ―「마음대로 법」부분

   제목 그대로 지금 우리 사회가 마주하고 있는 '마음대

로 법'의 횡포를 비판하고 있는 이 작품은, 짧은 행을 이어나가며 속도감을 높이는 형식을 취하고 있다. 이러한 리듬과 형식은 '발산'의 양태를 보이는 대부분의 시가 취하는 방식이다. 시인은 시의 리듬과 형식을 최대한 단순화시키면서 자신이 비판하고자 하는 대상을 향해 직진한다.

가까이만 다가가도 가려운 토란
껍질을 벗겨낼 때마다 흰 거품을 물고
처음보다 더 매운 독기를 내뿜는다
살아 있는 독기를 온몸으로 받으며
어머니 토란을 다듬는다
먹기 좋게 모서리부터 송송 썰고
끓는 물에 데쳐도
미치도록 가려운 토란더러
못됐다 못됐다 하신다
온몸에 퍼진 붉은 독
피가 맺히도록 긁더니
갖은 정성을 푸지게 넣은
웅숭깊은 토란국 한 냄비 끓여내신다
독 안에 든 어머니
천연 해독제가 되신다
―「독毒」 전문

이 시는 앞의 시처럼 전체 길이가 짧음에도 불구하고 마치 리듬과 형식이 다른 듯한 느낌을 준다. 시의 각 행이 마지막 구절을 향해 순차적으로 진행되면서 시인이 표현하고자 하는 주제로 수렴되고 있기 때문이다.「마음대로 법」이 시의 형식과 내용에 있어 발산적이라면,「독毒」은 시의 안팎으로 수렴적이라 할 수 있다. 흥미로운 것은, 시인이 이 발산과 수렴의 양태를 보여주는 작품들을 시집의 초입에 나란히 싣고 있다는 점이다.

당신은 한결같기에
나머지 잡다한 일은 나의 몫입니다
지금처럼 아무것도 바라지 않으면
마지막엔 고독할 것을 믿습니다
뉴스는 사람이 아니므로
양심을 도둑맞아도
대책 없이 뻔뻔합니다

가난하면 정말 꿈도 볼품없는 것일까요
대중교통은 가두리 양식장 같습니다

하늘엔 구름 한 점 없고
살 만해지면 다시 내리막길입니다

궁색한 복지가 당신과 나의 운명이면
왕자병과 공주병은 1인 세습의 출발점이라
가진 자는 가진 자에게만 눈인사를 합니다

가뜩이나 사는 것도 텁텁한데
차별과 무시에 질려
허언증 또한 하루하루 깊어져갑니다
―「마태복음 효과」전문

시냇물이 소리를 내는 것은
물속에 돌멩이가 있기 때문이다
먹고사는 게 씨알도 안 먹힐 땐
돌멩이 국을 끓여본다
어디서 굴러먹는지 묻지 말고
먼저 한 말들이 그릇에
아홉 되쯤 되는 돌멩이를 냄비에 붓는다
쩔쩔 끓는 냄비 속에는
속이 폭폭한 돌멩이가
휴식도 없이 국물 맛을 내고

반들반들한 화강암 쪼가리들은

늘 고귀하고 낭창하다

무언가를 시작하기도 전에

자꾸 탈이 나는 세상

팽팽해진 귓바퀴를 타고

때글때글 영근 돌멩이들이

시리고 아픈 속을 달래가며

진국으로 거듭난다

　　　　─「돌멩이 국 끓이기」 전문

「마태복음 효과」가 발산의 양태를 띠고 있다면,「돌멩이 국 끓이기」는 수렴의 양태를 띠고 있다. 이 두 작품을 시집의 서두에 연이어 배치한 것은 이번 시집이 이 두 가지 양태의 시를 모두 품고 있으며, 서로를 견인해나갈 것임을 암시한다.

　시인이 「마태복음 효과」를 시집의 맨 앞에 배치한 것은, 독자에게 처음부터 긴장과 강렬함을 주는 동시에, 이번 시집을 통해 하고 싶은 얘기나 감정을 마음껏 발산하겠다는 의도를 드러낸 것이 할 수 있다. "무릇 있는 자는 받아 더 풍족하게 되고 없는 자는 그 있는 것까지 빼앗기리라(마태복음 25장 29절)"라는 강렬한 주석이 달린 이 작품은, 우리 사회의 불평등이 낳은 '차별'과 '무시'에 관하여

직선적이고 거침없는 비판을 담고 있다.

시인의 이러한 비판은, 차별과 무시의 배후인 우리 사회의 카르텔을 향해 전방위적으로 날아가며 "공평은 없고/ 그들이 생각하는/ 선택적 세계"(「공작」), "혐오에 길들여진/ 너의 민낯"(「거리 두기」), "파도 파도 끝이 없는/ 그들만의 불법"(「마음대로 법」), "카르텔과 광기/ 애당초 부를 다 가진 사람들이/ 협잡꾼이 되어/ 속수무책 발목을"(「희망회로」), "의혹을 포장해 뻐꾸기를 날린 자리에는/ 사람이 죽어나도 책임지는 사람이 없네"(「하이에나 언론」) 등의 혹독한 비판을 낳는다.

이러한 유형의 작품들은 따로 분석을 요하지 않는다. 시인의 비판에 공감하거나, 공감하지 않거나 하는 선택이 남아 있을 뿐이다. 우리가 잊고 있었던 것, 우리가 등한히 했던 것들을 자각하게 만들고, 다시금 일깨워줄 수 있다면 시인의 노력은 보상을 받게 될 것이다.

시인은 「마태복음 효과」에 뒤이어 「돌멩이 국 끓이기」를 배치하고 있다. 이 작품에서 시인은 "먹고사는 게 씨알도 안 먹힐" 때를 견디기 위해, "무언가를 시작하기도 전에/ 자꾸 탈이 나는 세상"을 견디기 위해 "돌멩이 국"을 끓이는 상상을 한다. 이 상상의 힘으로 돌멩이들은 진국으로 거듭난다.

이러한 양태를 띠는 대표적 작품으로 앞에서 인용한 「독毒」을 들 수 있다. 어머니가 토란국을 만드는 과정을 그린 이 작품에서도 "가까이만 다가가도 가려운 토란"은 어머니의 손을 거쳐 "웅숭깊은 토란국 한 냄비"로 변한다. "돌멩이"가 "진국"으로 변해가는 과정과 "가려운 토란"이 "웅숭깊은 토란국"으로 변해가는 과정은 비슷한 형식을 취하고 있다. 시인은 요리의 형식을 빌려 세상을 견디고, 독을 순화해 나가는 지혜를 얻고자 한다. 이러한 유형의 작품들은, 세상과의 불화를 수렴하면서 견뎌 나가는 과정을 잘 보여준다.

이처럼 한 권의 시집 안에 서로 다른 양태인 발산과 수렴이 공존하는 것은, 시인이 이 두 가지 양태를 마치 같은 동전의 양면처럼 받아들이고 시를 써왔기 때문일 것이다. 기실, 이 발산과 수렴의 공존은 우리가 살아가는 삶의 실상에 가깝다. 이 둘의 양태는 서로를 비추고 보완하면서 앞으로 나아갈 수 있는 동력이 된다. 시 쓰기에 있어서도 쉽게 한쪽을 선택해버리면 목소리는 단조로워지고, 시집 또한 평면적으로 흐르기 쉽다. 삶의 실상과 멀어질 위험 또한 높아진다. 시인은 자신의 내면에서 나오는 이 두 목소리를 가감 없이 들려주며 독자에게 우리가 몸담은 세계의 실상이 이렇지 않냐는 질문을 던진다.

위에서 인용한 발산과 수렴의 양태를 띄고 있는 시들이 우리가 일상을 영위해 나가는 사회의 부조리와 싸우면서 파생된 것들이라면, 아래의 시는 실존적 문제, 즉 존재의 실상을 노래한 작품이라 할 수 있다.

오늘은 하루 종일 적막한 빗소리를 듣다가
이내 쓸쓸해져서 술을 마셨다

한때 지나가는 비야 우산으로 가리겠지만
오래 젖을 것 같은 마음은
한 번 피면 영원히 지지 않는 소금 꽃 같은지라
갸륵한 시간이 그저 그리울 따름이다

청컨대 그대여
내일의 태양은 오늘의 태양이 아니기에
뜨거운 여름 당신을 향해 부르는 노래는
파도처럼 왔다가 되돌아가고

무턱대고 생을 살아가는 동안
굽이굽이 저릿한 시간 속에 놓여 있을

천혜의 비경들은 잔혹하리만치 아름다울 것이다

─「숨은 꽃」 전문

    시의 제목 아래 17세기 프랑스 고전작가 라 로시푸코의 잠언 "착한 여인은 숨겨진 보물이다. 그런 여인을 발견한 사람은 자랑하지 않는 게 좋을 것이다."를 덧붙이고 있는 이 작품은, 앞에서 살펴본 작품들과는 확연히 다른 감상을 남긴다. 연시(戀詩)의 형식을 취하고 있는 이 작품은 적막한 빗소리, 술, 갸륵한 시간, 당신을 향해 부르는 노래 등이 행갈이와 연갈이를 통해 순차적으로 이어지며 유장한 리듬과 고양된 감정을 이끌어낸다. 하여, 마지막 연에 이르러 "무턱대고 생을 살아가는 동안/ 굽이굽이 저릿한 시간 속에 놓여 있을/ 천혜의 비경들은 잔혹하리만치 아름다울 것이다"라는 비장미를 성취하고 있다.

    발산과 수렴의 양태를 띠고 있는 시들이 우리가 일상을 영위해 나가는 사회의 부조리와 싸우면서 파생된 것들이라면,「숨은 꽃」과 같은 유형의 시들은 실존적 문제, 즉 존재의 실상을 노래한 작품들이라 할 수 있다. 시의 제목처럼 실존적 문제는 '숨은 꽃'처럼 바깥으로 드러나 있지 않고, 라 로시코프의 잠언처럼 "숨겨진 보물"과 같은 것이어서 공들이지 않으면 찾을 수 없는 것이기도 하다.

    시인은 이 "숨은 꽃"이 주는 "갸륵한 시간"을 그리워한다. 숨은 꽃을 생각하면 갸륵해지는 것은 이 꽃이 드러나지 않고 숨어 있기 때문이며, 아직 훼손되지 않았기 때문이다. 시인이 「초심」에서 "좋아한다로 시작해서/ 좋아한다로 끝나는 꽃점占을 치네/ 맹물 같은 사랑이 딱 떨어지네"라고 노래하거나, 「첫」에서 "알고 있니?/ 봄에 홀렸던 훈김을/ 머리에서 발끝까지 시술해도/ 여여한 마음은 돌아오지 않아"라고 노래하는 것도 이 때문이다. 「초심」과 「첫」이후의 시간은 "항생제"(「첫」)일 뿐이다.

시인의 숨은 꽃에 관한 노래가 연시의 형식을 취할 수밖에 없는 것은, 이 노래가 "유구한 시간"과 "찰나"(「초심」)를 동시에 거느려야 하기 때문이다. 우리가 현실 속에서 보는 꽃은 이 유구한 시간에 피어난 찰나일 뿐이다. 꽃점이 비애를 품고 있는 것도 이 때문이다. 아래 작품은 유구한 시간과 찰나 속에서 갸륵한 시간을 꿈꾸는 비애가 낳은 아름다운 작품이다.

새벽은 두 번 오지 않아요
당신에게는 내가 나를
어쩌지 못하게 하는 힘이 있습니다

만남은 가능해도 이별은 싫습니까
당신은 싸락싸락 쌓이다

종내 알아서 무너져 내리는 흰 눈입니다

밤하늘을 바느질하며 홀로 나아가는 쓸쓸함
나에게 여력이 있다면 보석을 사는 것보다
당신을 구매하고 싶습니다

시절인연時節因緣
백 일 동안 천 일 동안 지치지 않고 내내 피어
꽃멀미하는 당신께
난분분한 그리움을 보냅니다

바다에 가면 하늘이 있듯
내가 있기에 당신도 있으니까요
―「당신 꽃이 피었습니다」 전문

　　이 작품이 아름다움을 선사하는 것은, 화자가 "밤하늘
을 바느질하며 홀로 나아가는 쓸쓸함" 속에서도 "갸륵한
시간"(「숨은 꽃」)을 놓지 않는 순정함을 놓지 않은 끝에
"바다에 가면 하늘이 있듯/ 내가 있기에 당신도 있으니까
요"라는 무구한 절대성을 성취했기 때문이다. 그런 면에
서 숨은 꽃과 무구한 절대성은 등가에 놓인다고 할 수 있
다.

3

시인의 발산과 수렴, 그리고 숨은 꽃을 향한 도정은 자
신의 시 쓰기에 대한 자각과 성찰을 낳는다.

현실은 난해하고 죽음은 난처하다는 말을

사람들은 좋아하지 않습니다

기차를 향해 달려든 정신 상태

생각보다 순종적이거든요

생금밭에 흰소리를 해대도

주목을 못 받으면

제대로 된 물건도 땡처리되듯

삶은 무료하고

사람들은 나를 천덕꾸러기 취급을 했습니다

도시 한복판

현금지급기를 돼지저금통으로 착각해서

창을 뽑아 돌진하는 이가 있다면

신고하지 마세요

혀 밑에 도끼를 감추고

스스로 경계하는 성질머리 때문에

맨 정신에 죽기조차 힘들거든요

　　　—「돈키호테의 시」 전문

각본 없이
꽃을 혼자 피운 무화과나무는
정상과 비정상의 거리를 모른다

꽃과 벌이 로그아웃 되는 날
오늘 꾼 꿈은 나비 같았고
여름 폭풍은 인증 샷으로 남았다

한물간 갱년기
어질어질 부어오른 마음 한 켠이
생의 뒤란을 갈아엎느라
시도 때도 없이 헛구역질하고
　　—「꽃시」전문

　　위의 두 작품은 자신의 시 쓰기를 자극하고 추동하는
발산과 수렴의 양태를 성찰하고 있다. 「돈키호테의 시」는
발산에 관한 자기 풍자이고, 「꽃시」는 발산과 수렴을 반
복하는 시 쓰기가 어디에서 연유하는가를 스스로 고찰한
작품이다. 이번 시집이 단조로움에 갇히지 않을 수 있었
던 것은, 시와 시 쓰기에 대한 이러한 자기 풍자와 고찰이

시집 곳곳에서 빛나고 있기 때문이다. "이유 없이 속이 바
싹바싹 타들어가는 나는/ 살을 내어주고 뼈를 취하는 시
를/ 바라고 바래본다/ 오늘 태어난 날 것처럼"(「바람, 바
램」)과 같은 구절은 이러한 풍자와 고찰의 결과이며, 다
음과 같은 순정한 시를 낳은 힘이 된다.

무소의 뿔처럼
신도 아니면서
나만 바라보며 가는 길

어디에도 속하지 않으며
어디에도 속해 있는
불온한 마음을 모아
담대하고 담담하게 살아간다

가벼워지고 싶을 때
몰래 그림자를 지우고
밑바닥까지 내려가다
속절없이 더 가여워진다

목적 없이 나선 길은
왠지 더 사무치고

자꾸 절절하게 만들어

내 발등을 내가 찍는다

어깨에 힘을 빼고

새로운 문장을 기다리다

일파만파

경로를 이탈하는 시의 길

──「시에게로 가는 길」 전문

    다채로운 목소리가 공존하는 이번 시집은 송은영이 다음 시집에서 펼쳐 보일 세계를 궁금하게 만든다. 하지만 분명한 것은 "무소의 뿔처럼" "나만 바라보며" "담대하고 담담하게" 살아가면서 "새로운 문장"을 기다리는 시인의 자세는 흐트러지지 않으리라는 점이다. "일파만파/ 경로를 이탈하는 시의 길"은 시인이 걸어야 하는 숙명이자 축복이기에 더욱 그러하다. 끝

달아실시선 70

돌멩이 국

1판 1쇄 발행	2023년 9월 27일
지은이	송은영
발행인	윤미소
발행처	(주)달아실출판사
책임편집	박제영
디자인	전부다
법률자문	김용진, 이종진
주소	강원도 춘천시 춘천로 257, 2층
전화	033-241-7661
팩스	033-241-7662
이메일	dalasilmoongo@naver.com
출판등록	2016년 12월 30일 제494호

ⓒ 송은영, 2023
ISBN 979-11-91668-87-2 03810

이 책의 일부 또는 전부를 재사용하려면 반드시 저작권자와 (주)달아실출판사
양측의 동의를 얻어야 합니다.

• 잘못된 책은 구입한 곳에서 바꿔드립니다.
• 책값은 뒤표지에 표시되어 있습니다..